PROUT de MAMMOUTH

ET AUTRES PETITS BRUITS D'ANIMAUX

Noé Carlain AnnaLaura Cantone

éditions Sarbacane

Prout d'escargot
coquille en morceaux !

Prout de poisson
bulles en rond !

3177

5

Prout de mouette
avis de tempête !

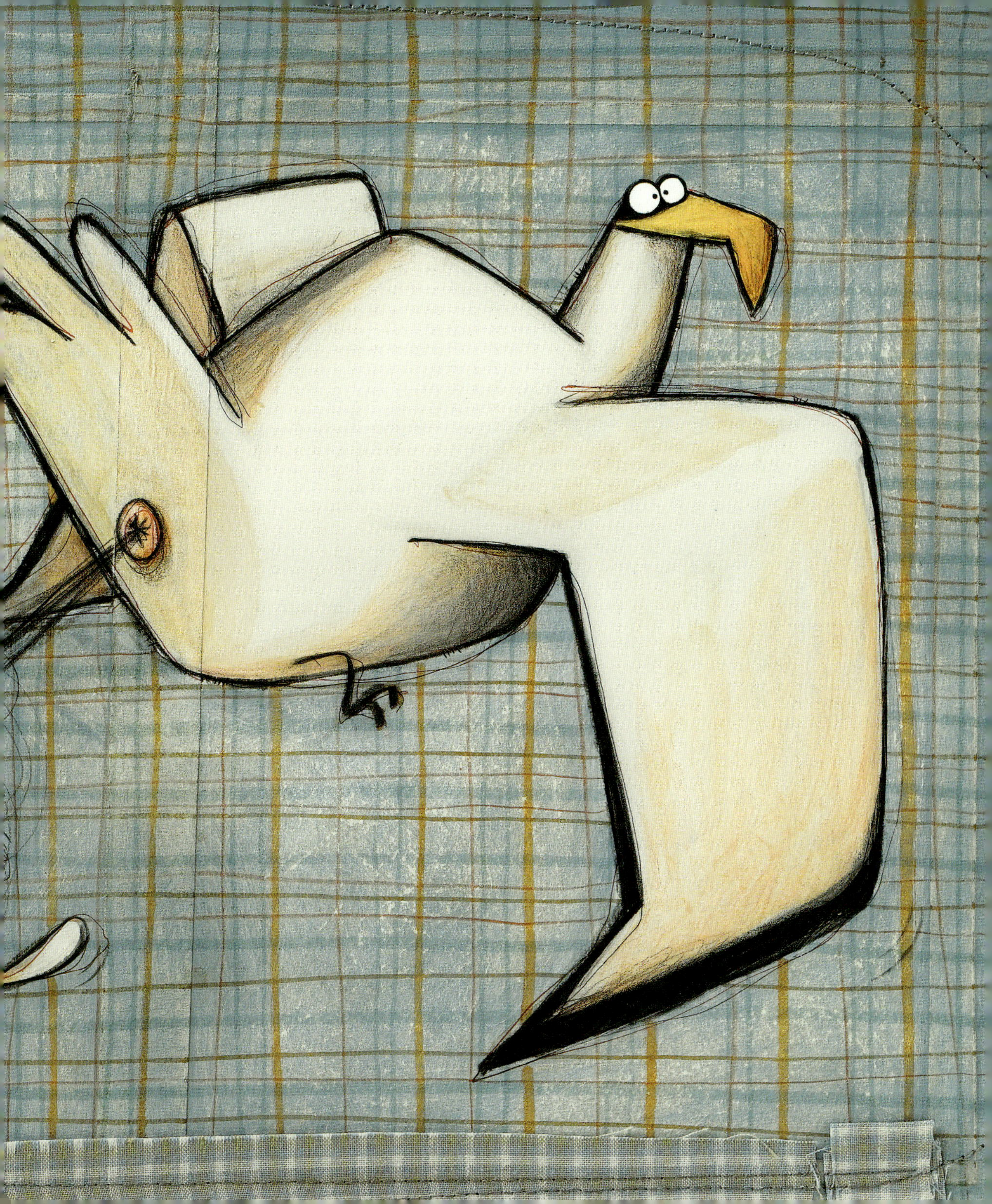

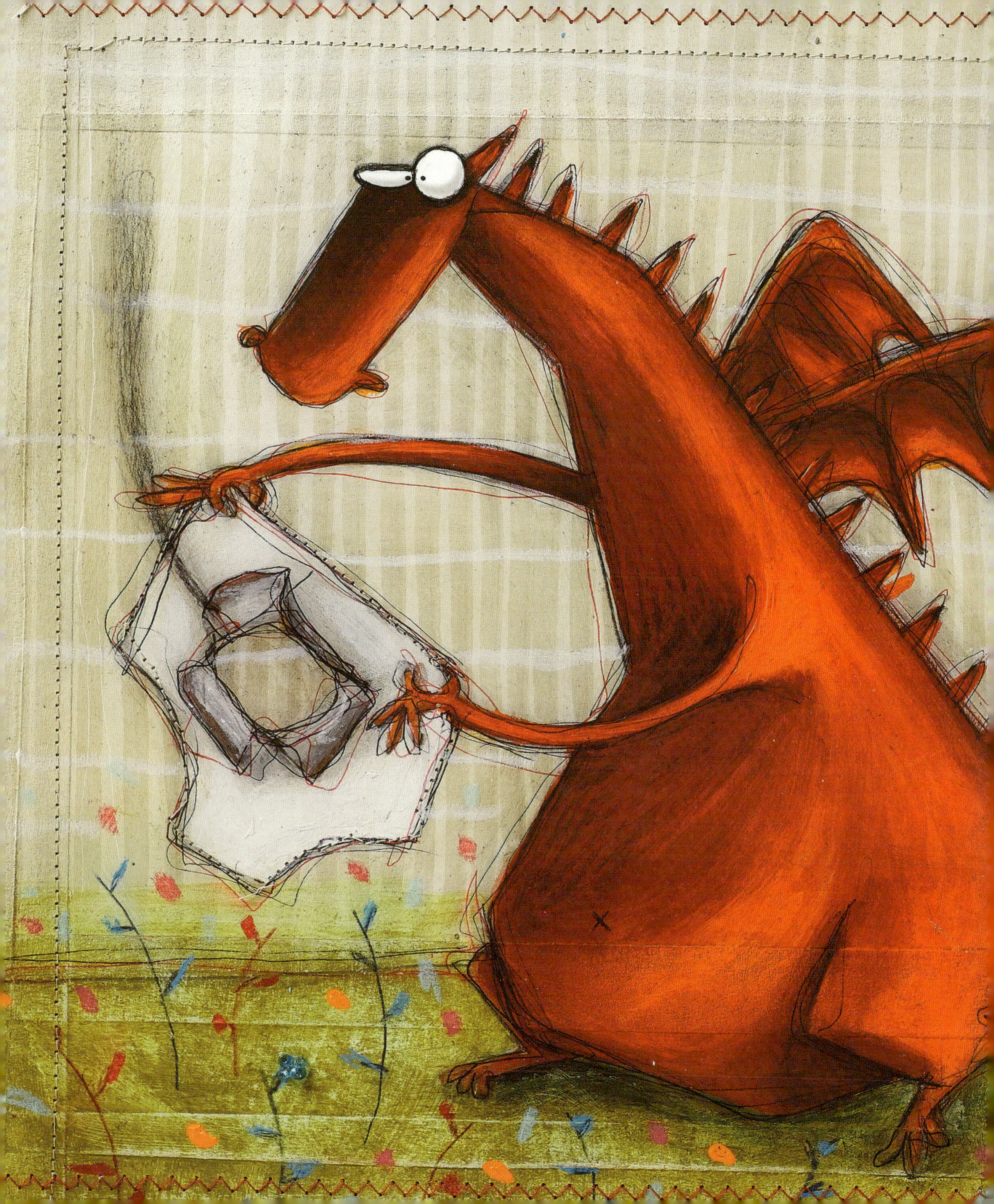

Prout de dragon
trou dans le caleçon !

Prout de hamster
roue d'enfer !

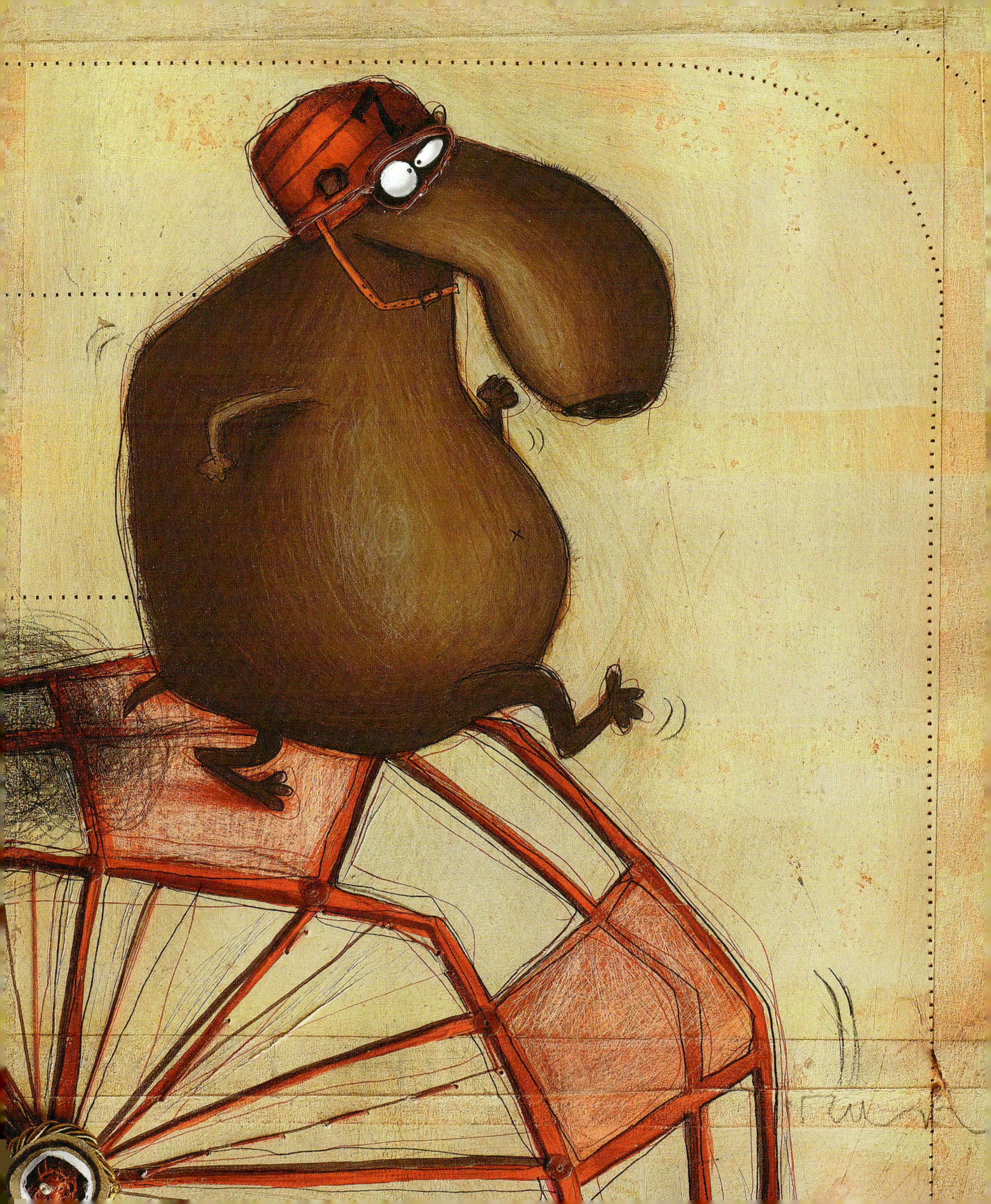

Prout de canard
seul dans la mare !

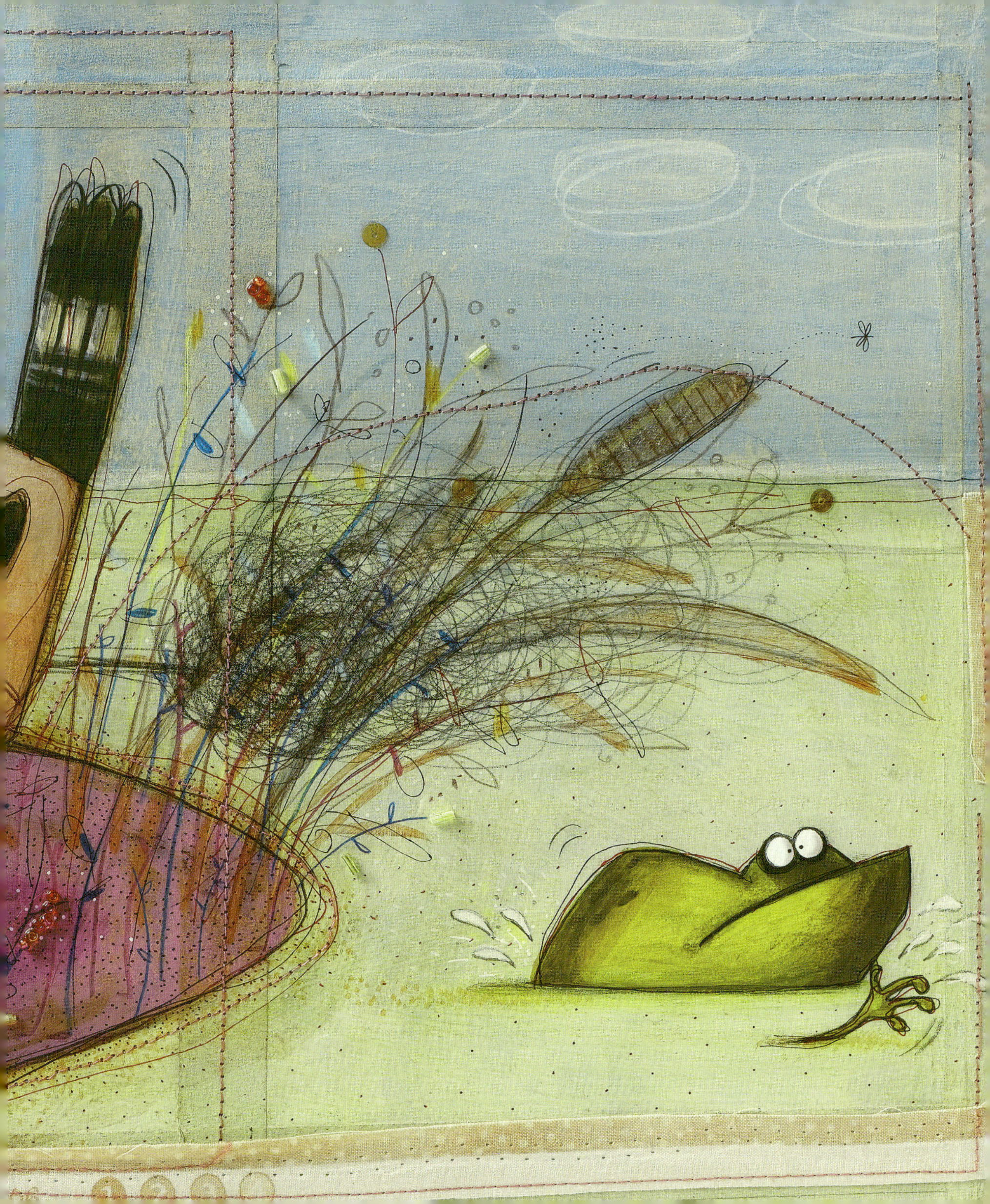

**Prout de porcelet
*jambon fumé !***

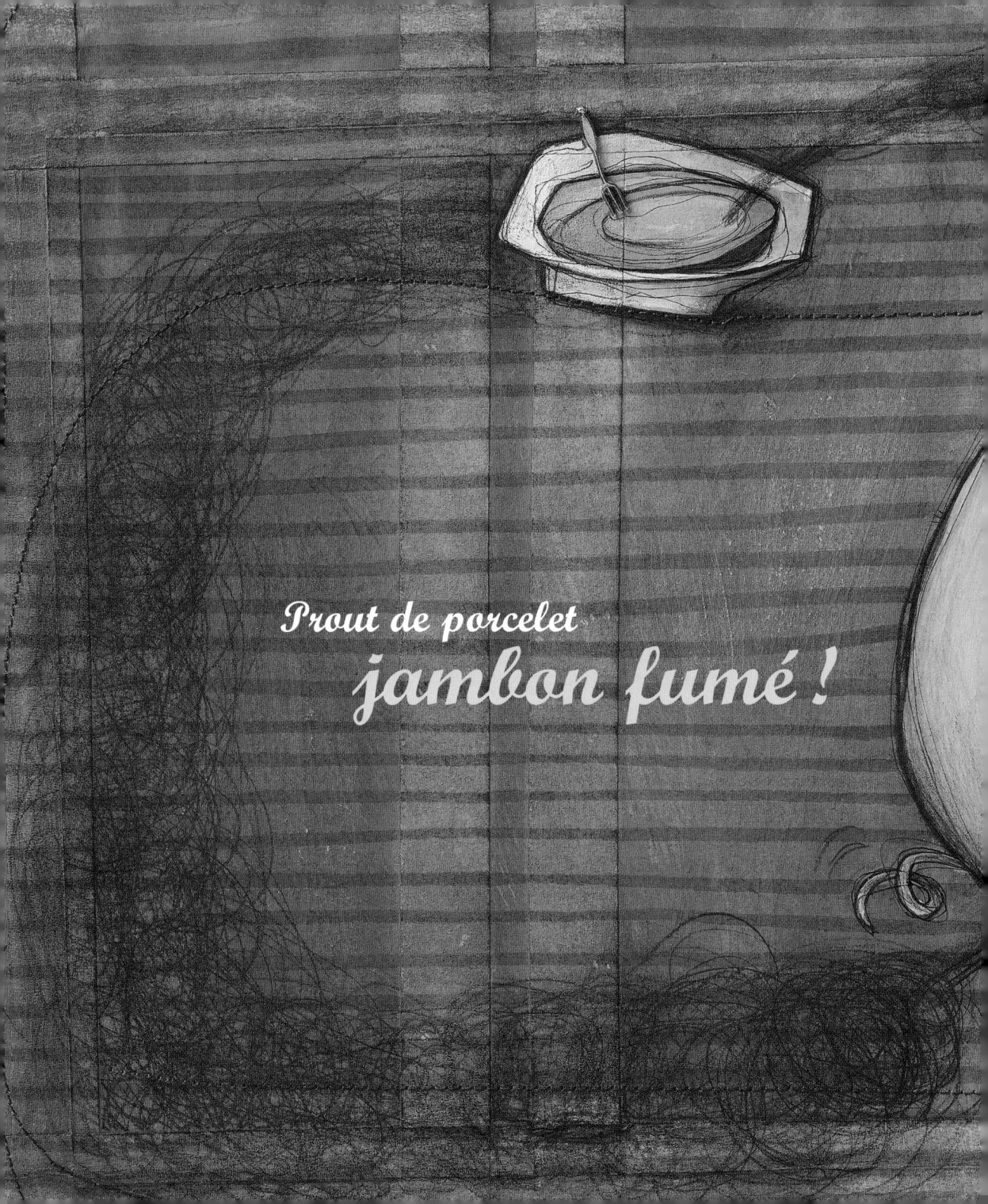

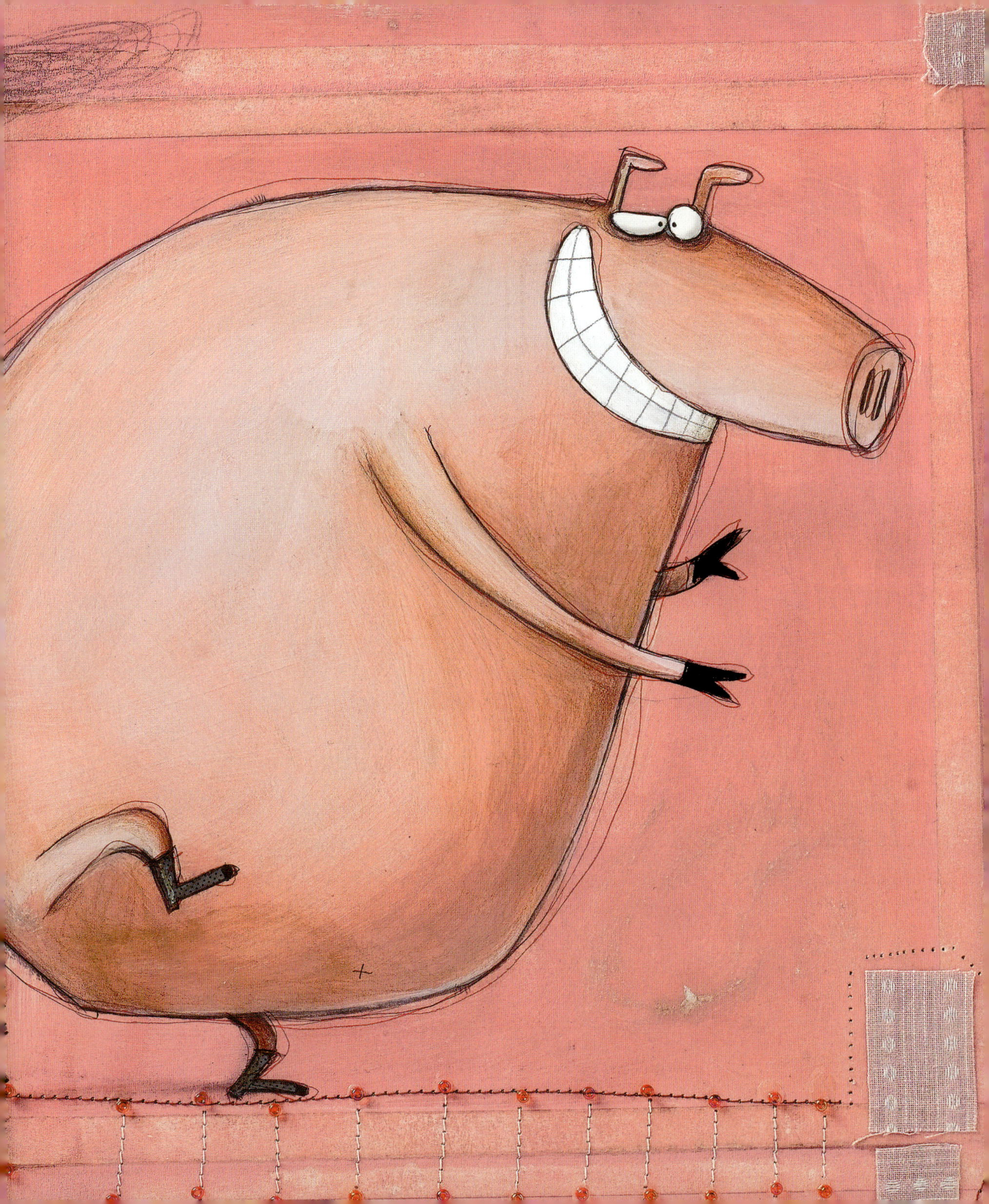

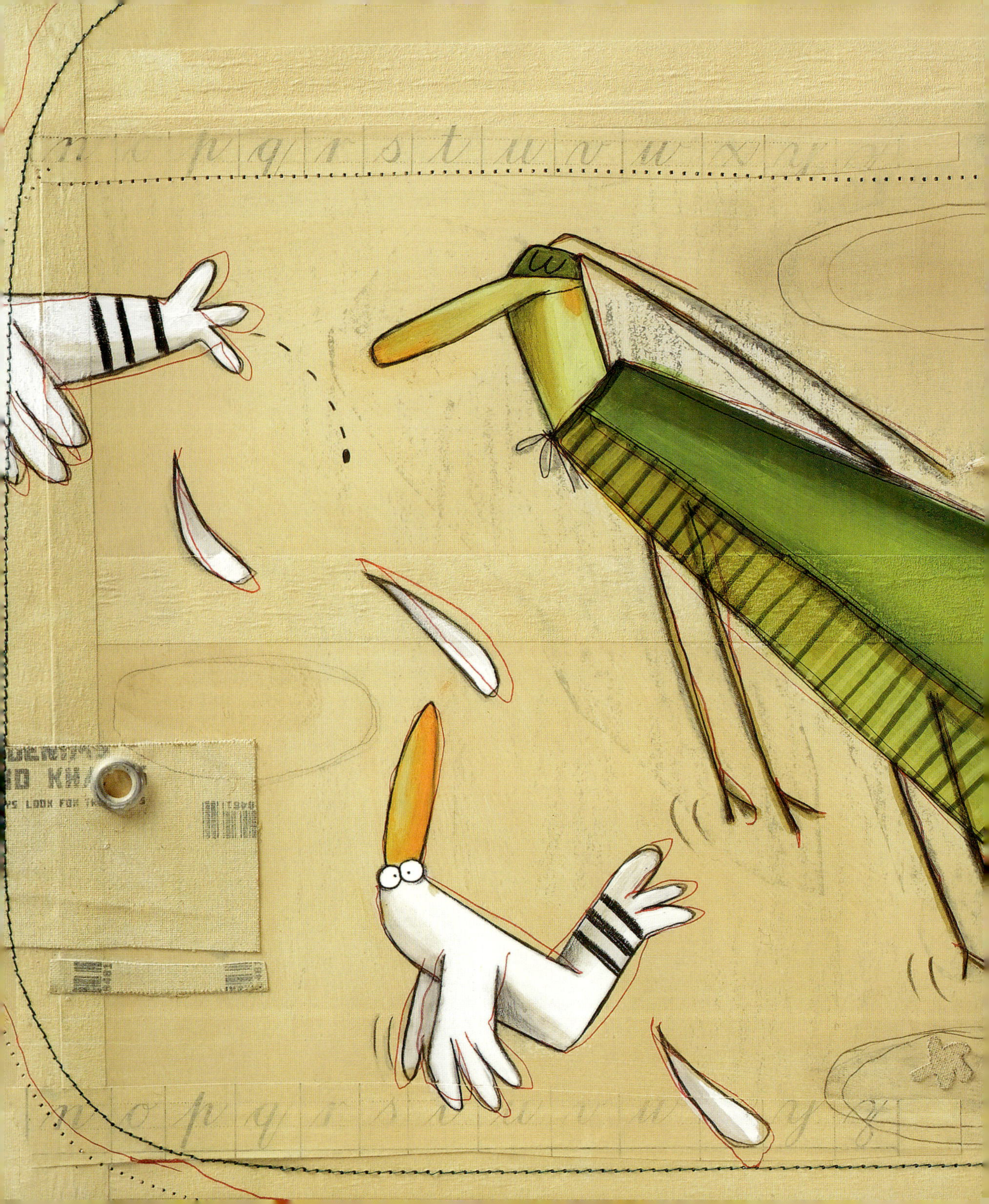

Prout de sauterelle
bond jusqu'au ciel !

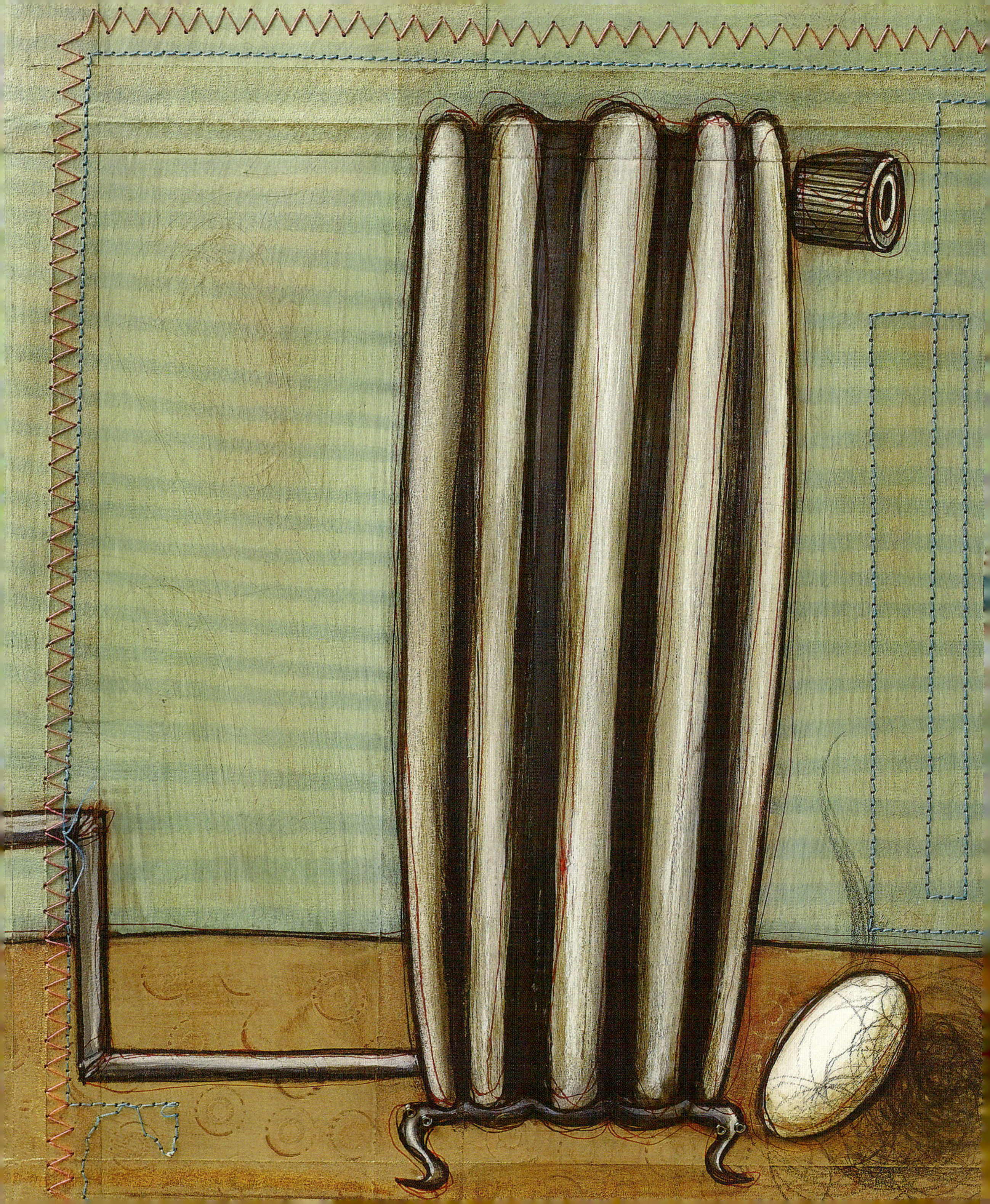

Prout de manchot
*œuf bien
au chaud !*

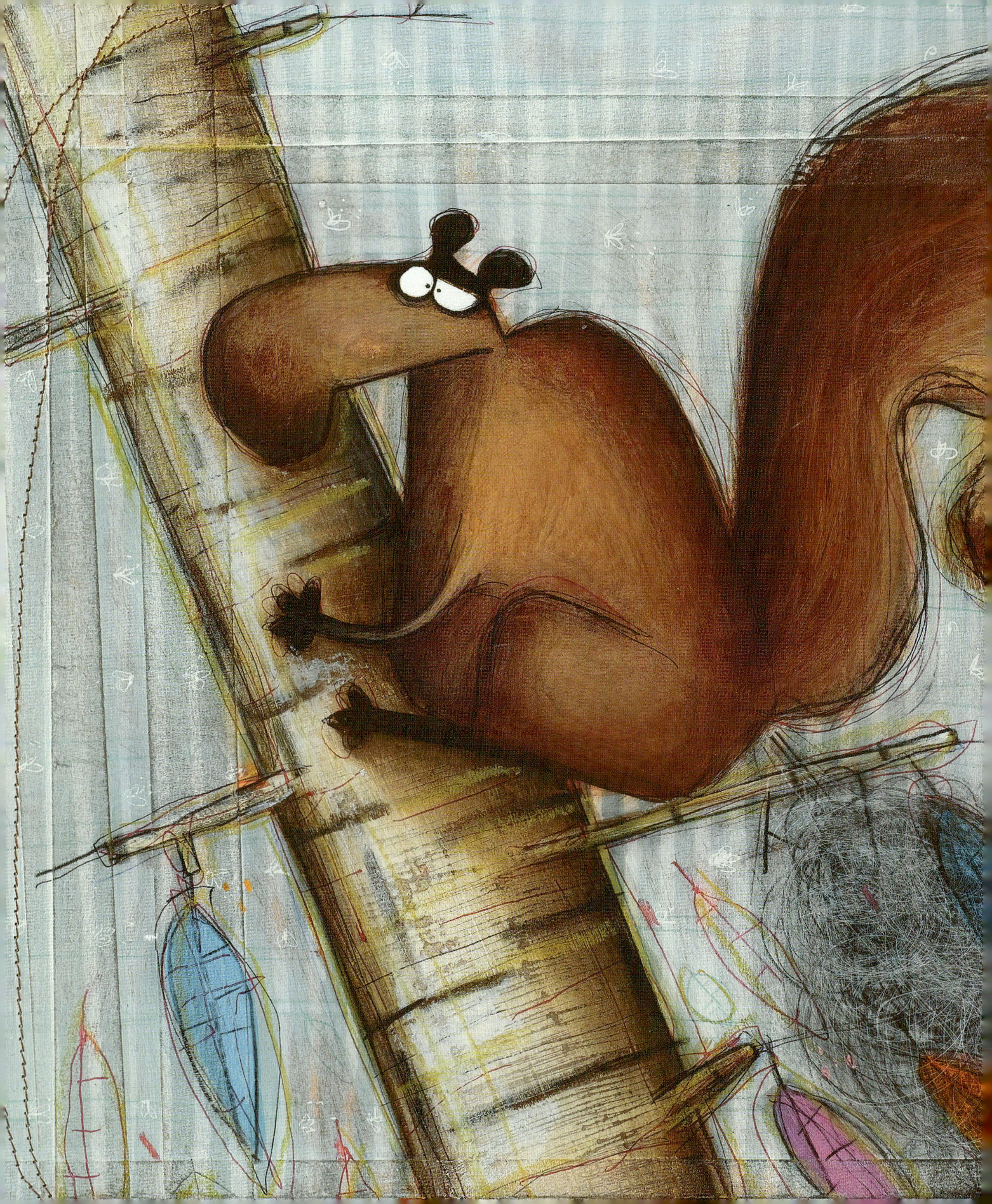

Prout d'écureuil
chute des feuilles !

Prout d'antilope
lion en syncope !

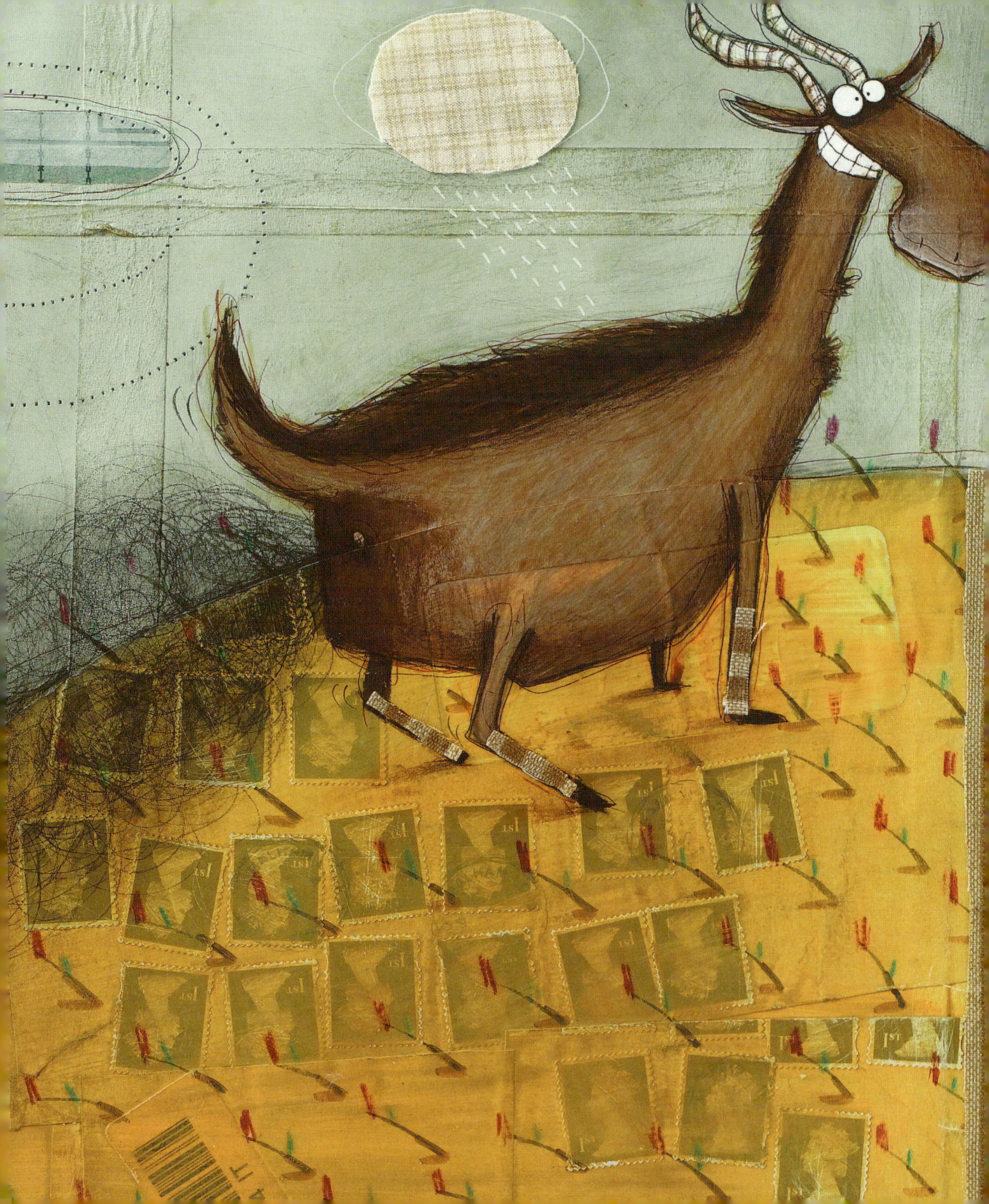

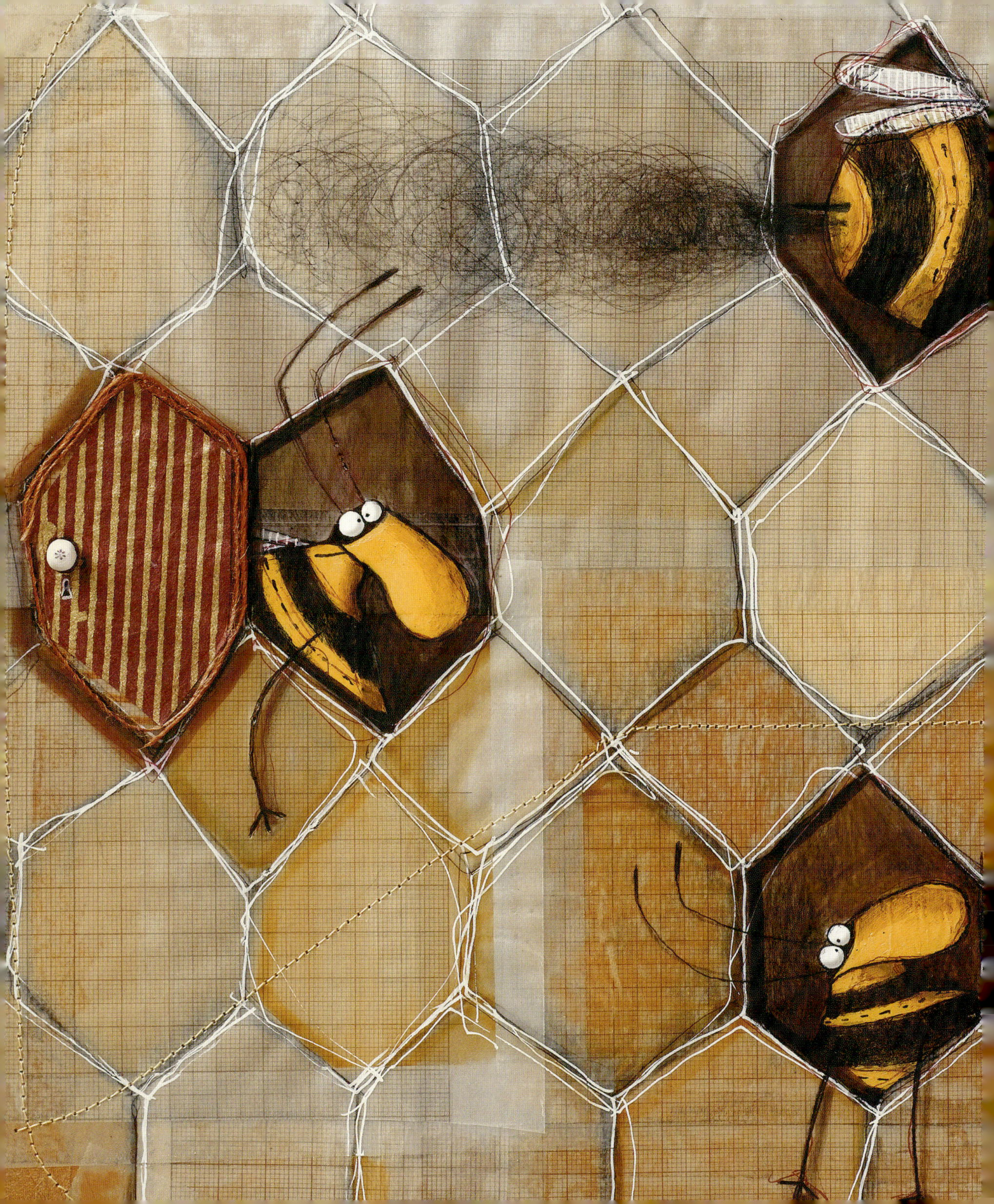

Prout d'abeille
ruche en éveil !

Prout de colibri
refrain joli !

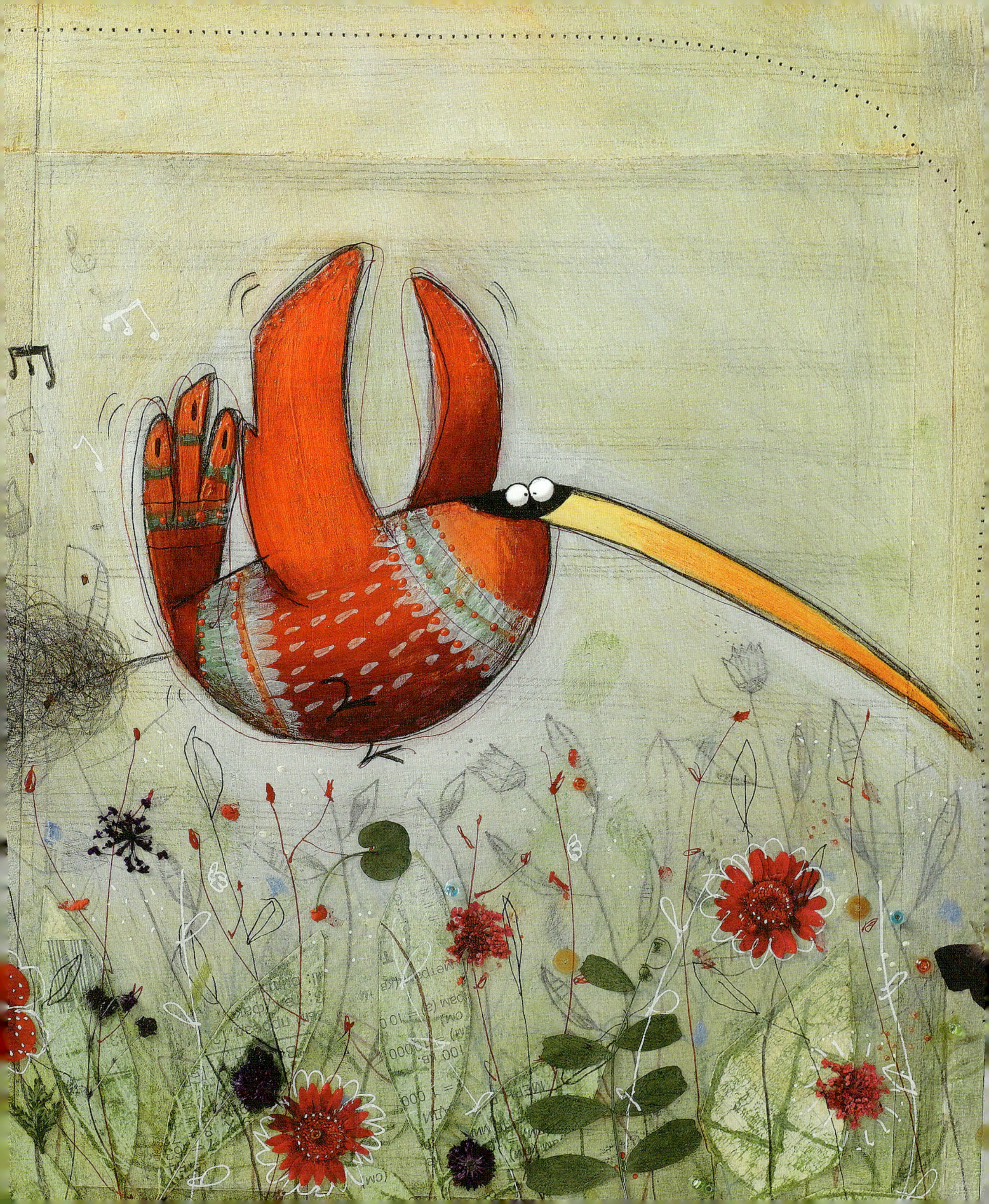

Prout de zèbre
chanson célèbre !

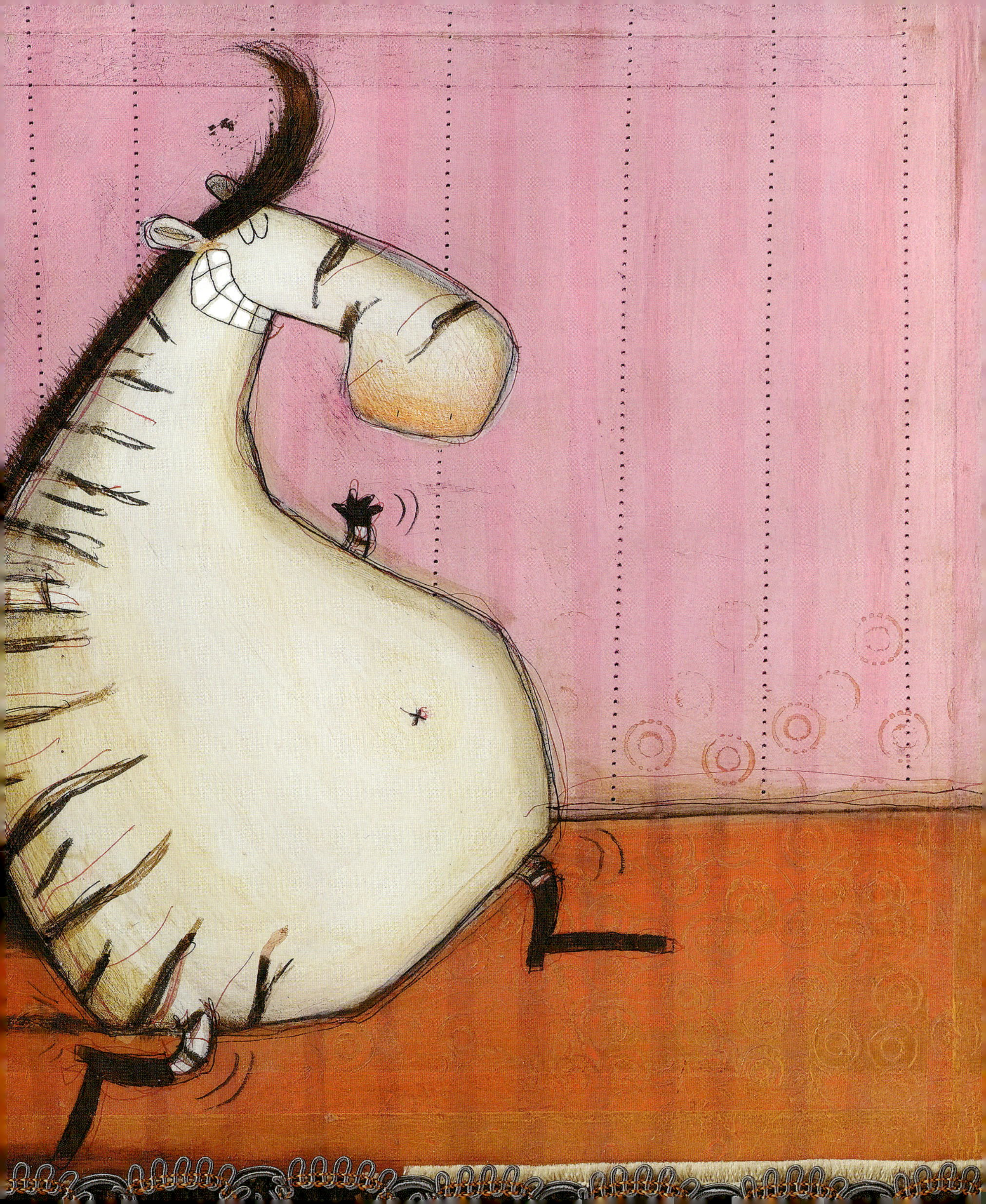

Prout de caïman
tombent les dents !

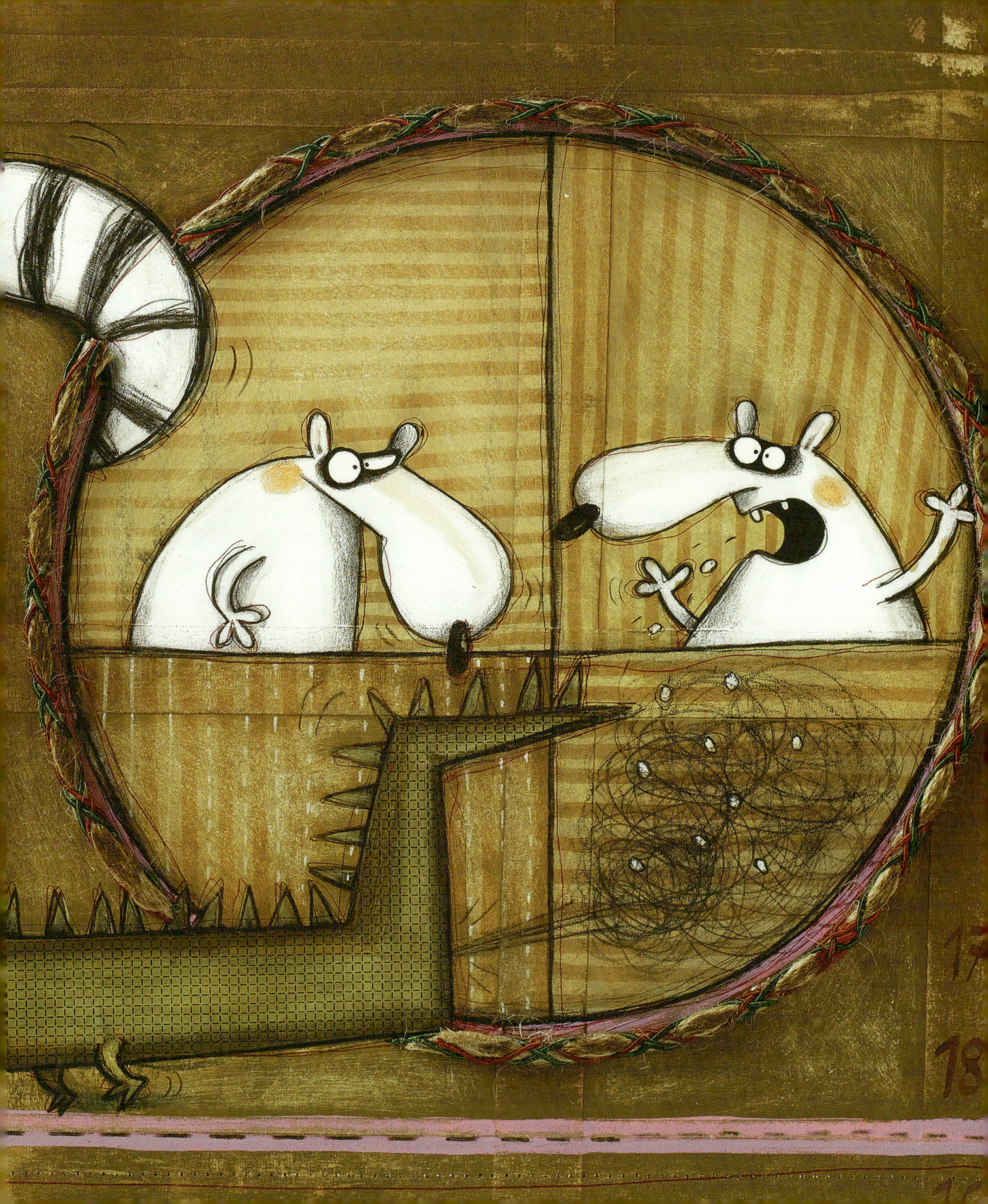
18

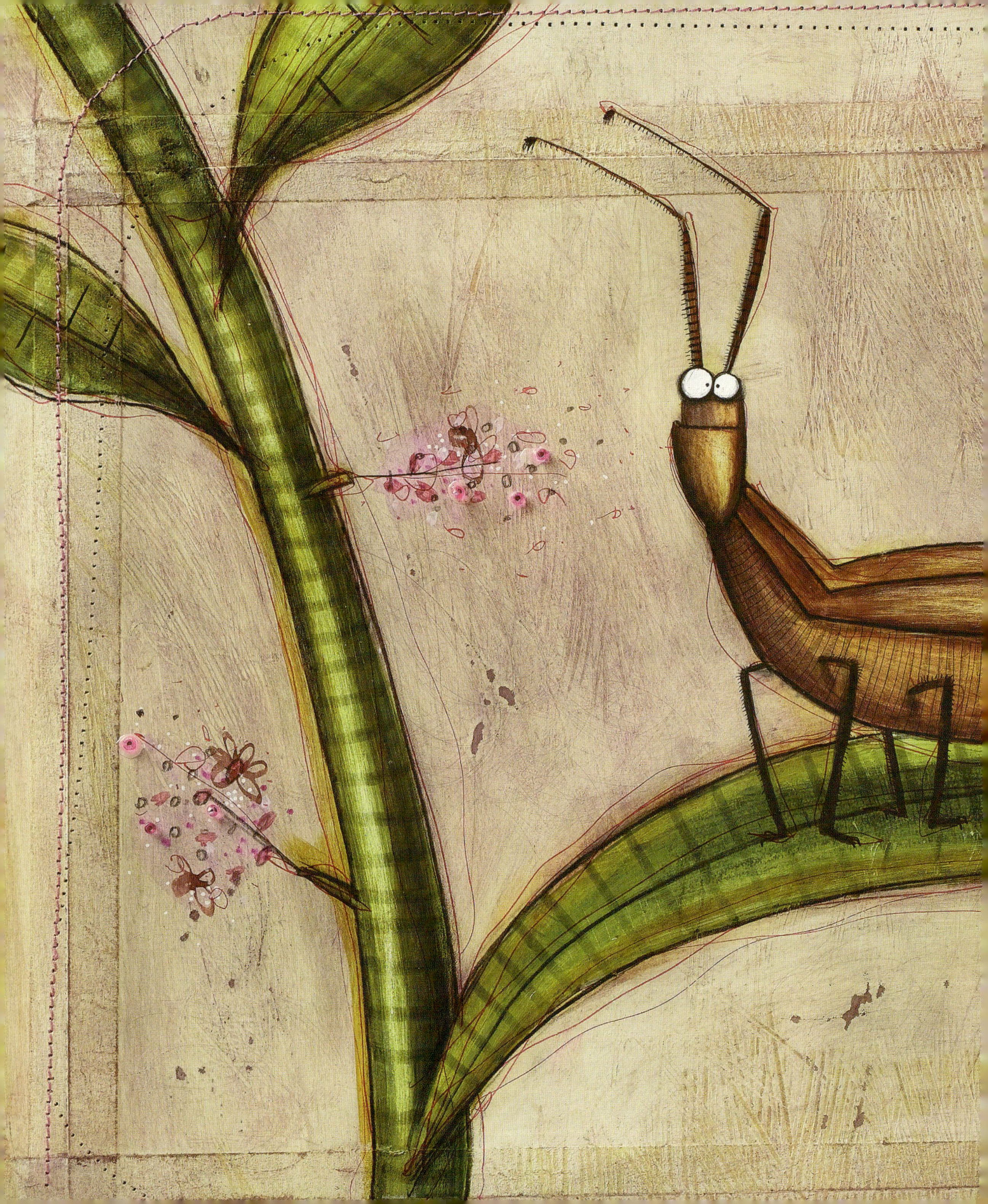

Prout de cigale
*danse
de pétales !*

Prout de souris
gruyère moisi !

PAR AVION AIRMAIL

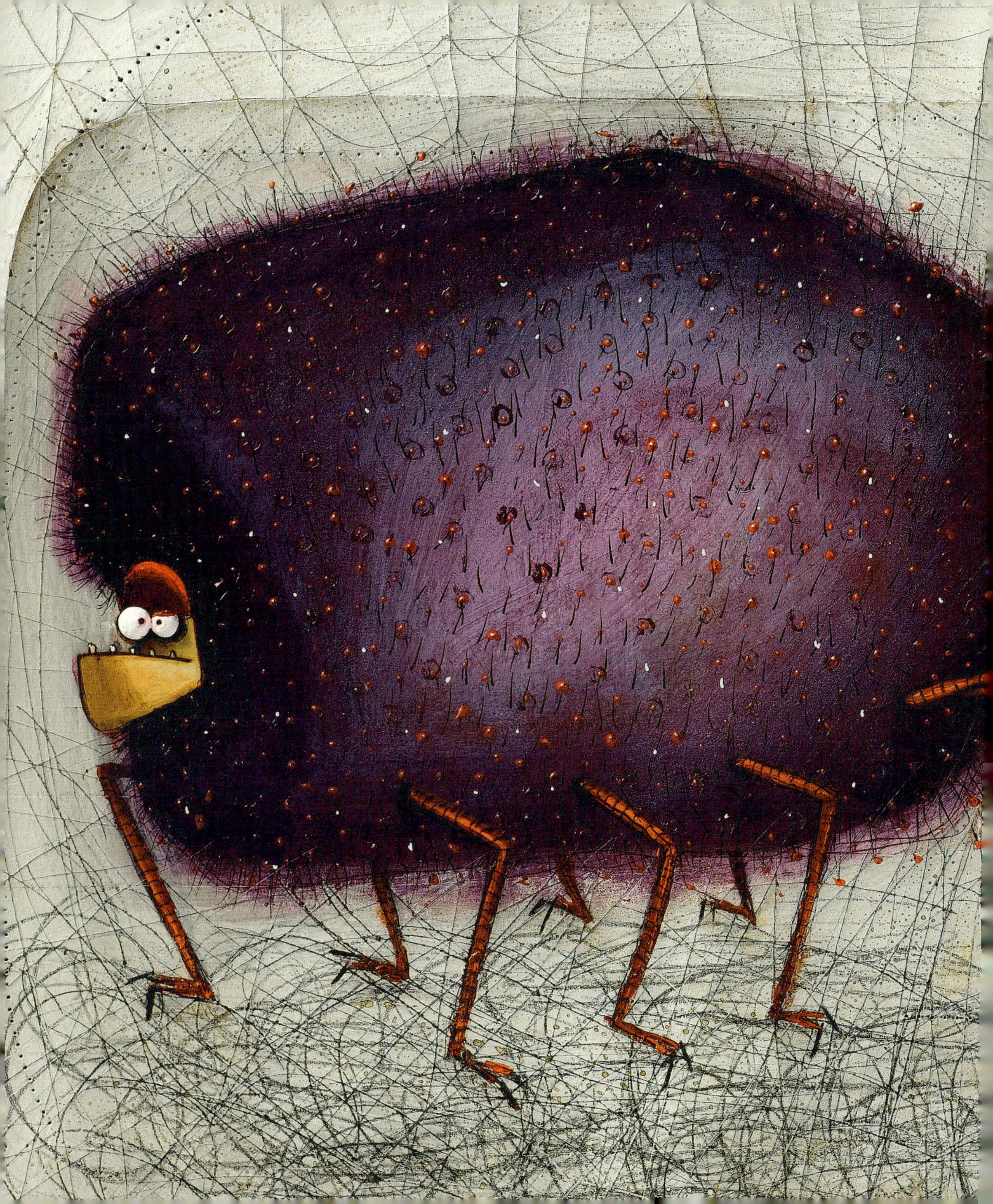

Prout d'araignée
toile emmêlée !

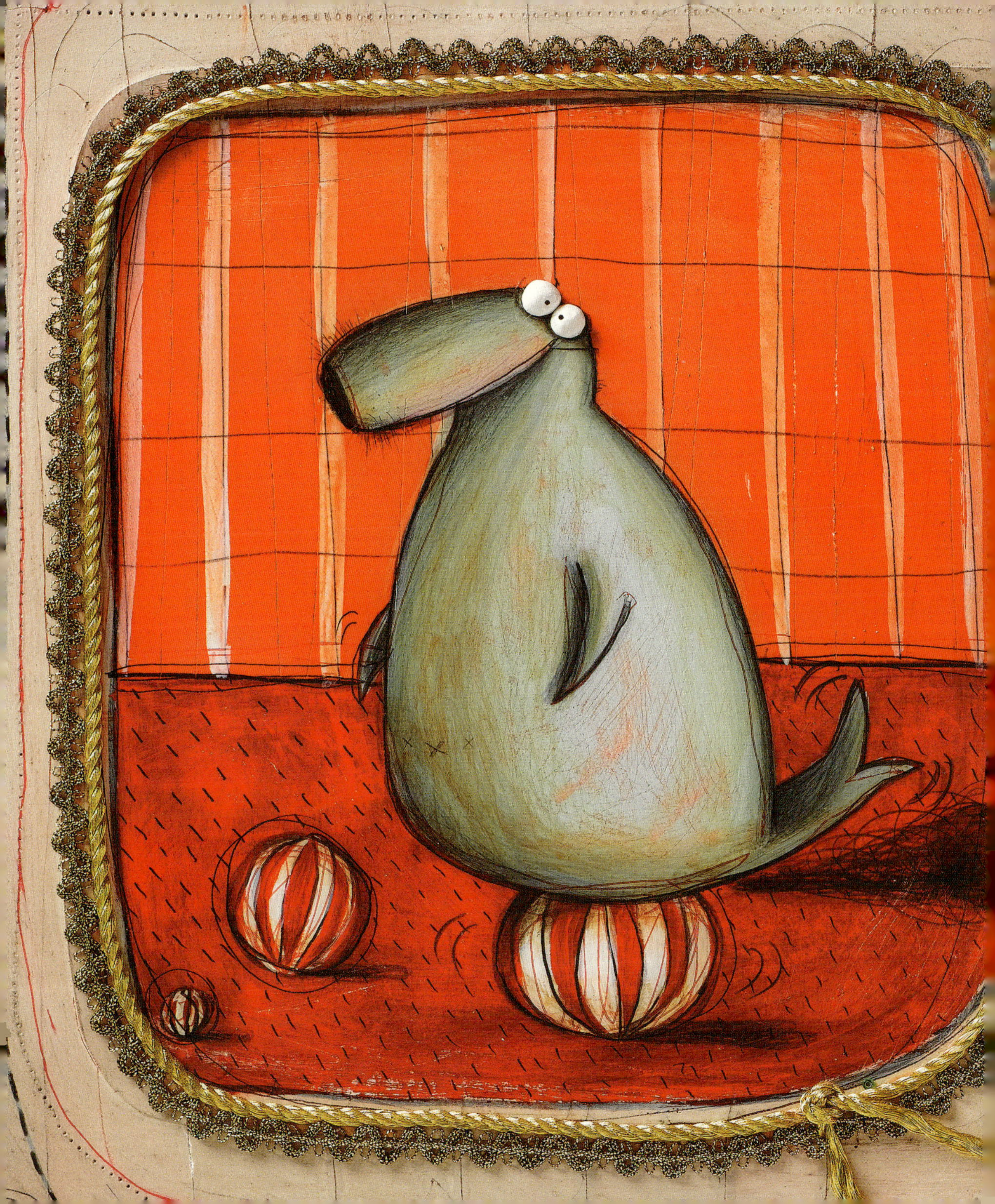

Prout d'otarie *cirque en folie !*

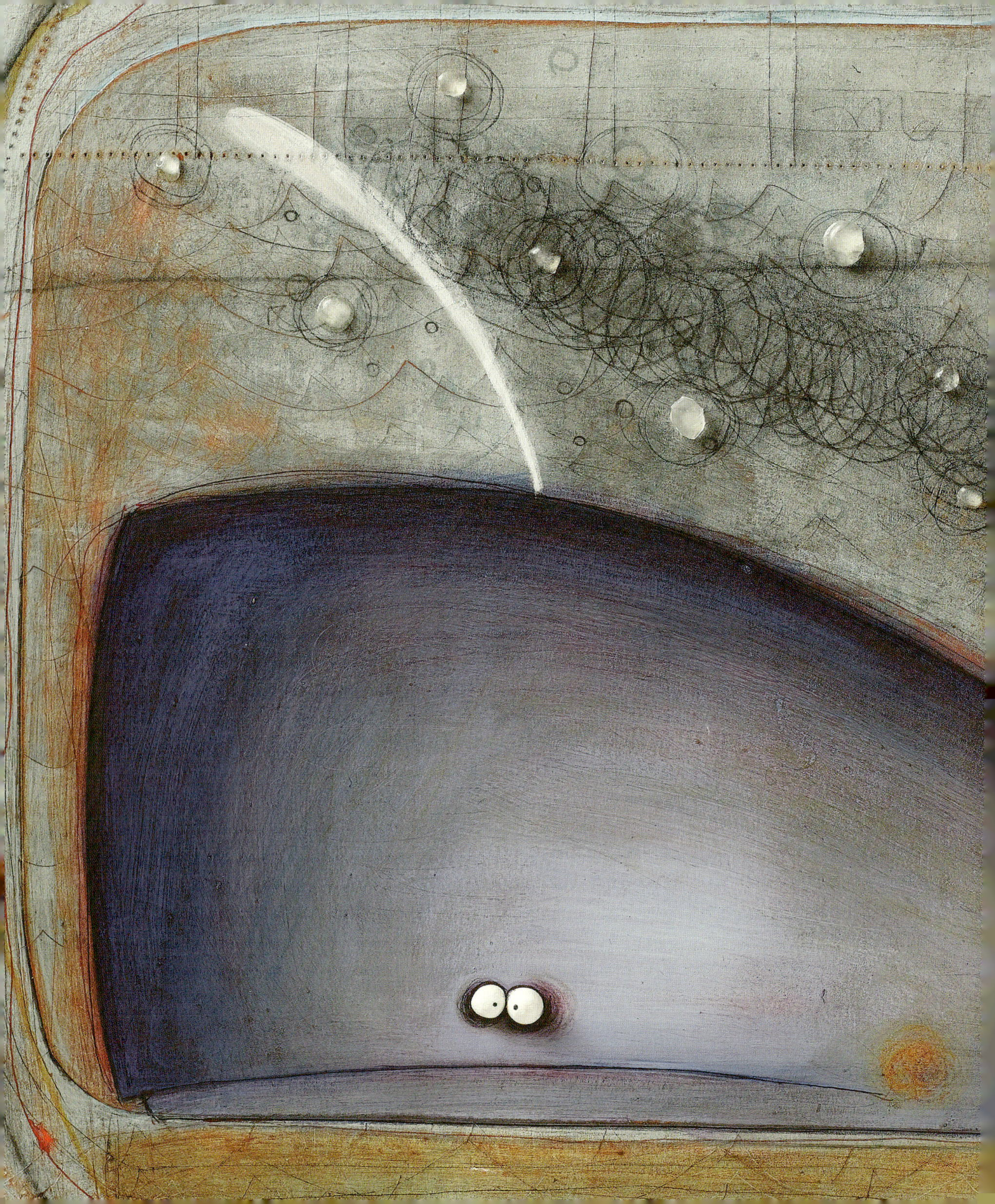

Prout d'hippocampe
tout le monde décampe !

Prout de mammouth
ça schmouth !

scoreggia

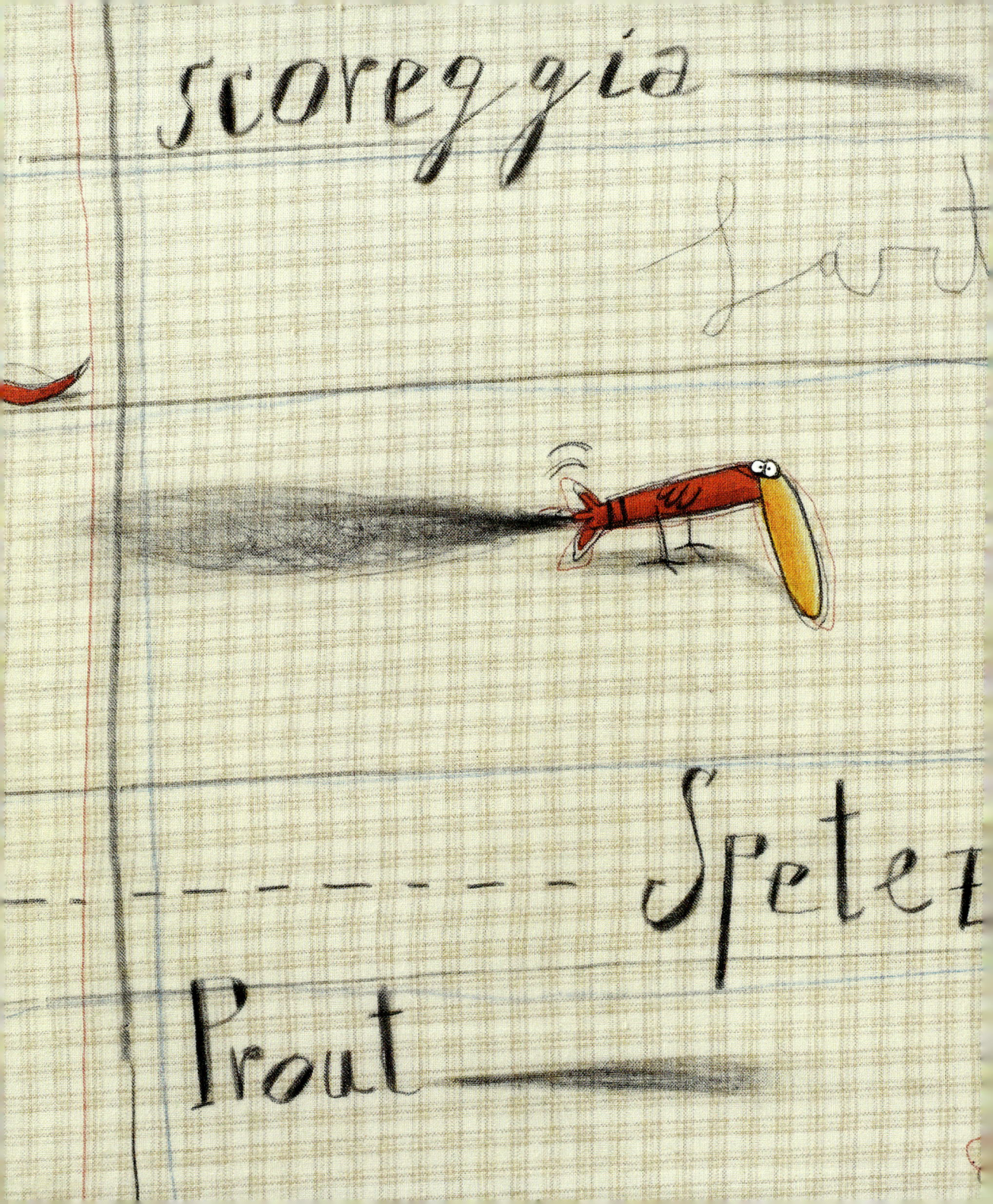

Spetez

Prout